EGAL WIE DICHT DU BIST, GOETHE WAR DICHTER!

Miese Witze Vol. 3

Weitere Titel des Autors:

Was ist grün und steht vor der Tür? – Miese Witze Vol. 1

Sie haben Ihr Ziel erreicht – Missgeschicke, die passieren, wenn Technik auf Blödheit trifft

EGAL WIE DICHT DU BIST, GOETHE WAR DICHTER!

Miese Witze Vol. 3

Gesammelt, getestet und für gut befunden
von Norbert Golluch

BASTEI LÜBBE
TASCHENBUCH

MIX
Papier aus verantwortungsvollen Quellen
FSC
www.fsc.org
FSC® C083411

BASTEI LÜBBE TASCHENBUCH
Band 60926

Dieser Titel ist auch als E-Book erschienen

Originalausgabe

Textredaktion: Stefan Lutterbüse
Titelillustration: © shutterstock/Lucertolone, © shutterstock/duca59us
Umschlaggestaltung: Jeannine Schmelzer
Satz: Florian von Wissel, hoop-de-la, Köln
Gesetzt aus der Chinese Rocks, Franklin Gothic
Druck und Verarbeitung: CPI books GmbH, Leck – Germany
Printed in Germany
ISBN 978-3-404-60926-0

5 4 3 2 1

Sie finden uns im Internet unter www.luebbe.de
Bitte beachten Sie auch: www.lesejury.de

KULTURGUT IN GEFAHR!

Der Meeresspiegel steigt, der durchschnittliche IQ hingegen strebt gegen null, überall Coffee und Dünnschiss to go. In einer sich täglich verändernden Welt voller unentbehrlicher Digitaltechnik und kulturell aufgeladenem Zombiefernsehen gibt es einfach nicht genug Fixpunkte für den nach Qualität und Authentizität suchenden menschlichen Geist. Die Marx-Brothers und Heinz Erhardt sind tot, Otto bringt es nicht mehr, Harald Glööckler, Horst Seehofer und Helge Schneider können es allein nicht schaffen, auch wenn sie jeden Tag aufs Neue strahlenden verbalen Sondermüll produzieren. Der Bedarf an intellektuellen Betäubungsmitteln ist auf diesem Wege einfach nicht mehr zu bedienen. Die Menge schreit nach mehr, die tägliche Dosis steigt, und der durchschnittliche Süchtige greift zu immer härterem Stoff. Warum auch nicht, denn sind wir nicht alle irgendwie – gedopt? Wer hat denn in diesen Tagen schon noch alle auf der Latte?
Die Fakten sprechen für sich: Flachwitze sind der intellektuelle Seismograph unserer Gesellschaft, »Deine Mudda«-Witze kennzeichnen die Peaks in den aufgezeichneten Erschütterungskurven und können auch die letzten Festungen des guten Geschmacks zum Einsturz bringen. Chuck-Norris-Witze belegen, dass der nach Entlastung suchende Geist auch aus einer extrem humorlosen Vorlage maximalen Pointenertrag erzielen kann. Für alle bedürftigen und notleidenden Armen im Geiste übergebe ich Ihnen hier nun ein ganzes Buch voller ganz harter Dinger, aufgeladene neckische Elementarteilchen, gesammelt kurz vor dem geistigen Ereignishorizont, gefunden dort, wohin keine Erleuchtung mehr reicht. Betreten Sie ein Feld voller sprachlicher Tretminen, die jedem vernunftbegabten Wesen das Hirn wegblasen können ...

Sie und ich, geben wir es zu, wir brauchen das – auch Sie sind so ein Junkie!

Flachwitz 4 ever!

WARM-UP

Was bekommt ein Junkie, der sich betrinkt?
Stoffwechselprobleme.

Was läuft schießend durch den Wald?
Schrotkäppchen!

Was bekommt man, wenn das Waffeleisen kaputtgeht?
Waffelstillstand.

Was ist gelb und schießt um die Ecke?
Eine Banone.

Was bekommt man, wenn man eine Stange Spargel auf Hochglanz poliert?
Einen Spiergel.

Was duscht in der Wüste?
Eine Hygiäne.

Was sagte Gott, als er das Ruhrgebiet erschaffen hatte?
»Essen ist fertig!«

Egal wie dicht du bist:
Goethe war Dichter!

Egal wie jung deine Freunde sind:
Jesus' Freunde waren Jünger!

Egal wie tief du schläfst:
Albert schläft wie Einstein!

Egal wie pleite du bist, du kannst dir immer was *Von der Leyen.*

Egal wie jungfräulich du bist,
Arielle ist Meerjungfrau.

Egal wie viele CDs du hast,
Daimler-Benz hat Mercedes.

Egal wie viel Curry du isst, *Freddy ist Mercury.*

ES KANN NUR EINEN GEBEN ...

Als Chuck Norris geboren wurde, sagte der Arzt zur Mutter:
»Glückwunsch, es ist ein MANN!«

Chuck Norris ist so gut bestückt ...
es reicht sogar für eine Fernbeziehung.

Als Chuck Norris geboren wurde,
fuhr er seine Mutter vom Krankenhaus nach Hause.

Endlich weiß man, warum sich das Universum ausdehnt. *Alles versucht sich so weit wie möglich von Chuck Norris zu entfernen.*

Bill Gates lebt in ständiger Angst, dass der *PC von Chuck Norris abstürzt.*

Chuck Norris ist der Einzige, der die Zeit *wirklich totschlagen kann.*

Chuck Norris hat einen Grizzlybär-Teppich. *Der Bär lebt, hat aber Angst, sich zu bewegen.*

TOD UND TEUFEL

Warum gehen Skelette nicht an den Strand?
Da blamieren sie sich bis auf die Knochen!

Ein Skelett im Restaurant. Sagt der Ober:
»Oh, Sie mussten lange warten ...«

Warum können Skelette nicht Rad fahren?
Kein Sitzfleisch.

Wie nennen Kannibalen ein Skelett?
Leergut.

Warum gehen Skelette so oft in Horrorfilme?
Antwort: Eine Gänsehaut ist besser als gar keine.

Arzt zum Skelett: *»Sie kommen spät!«*

Warum können Skelette nicht lügen?
Weil sie so leicht zu durchschauen sind.

Warum lieben Skelette keine Hunde?
Hunde lieben Knochen!

TIER MACHT SACHEN [I]

Was sagt die Schnecke auf dem Rücken der Schildkröte? *Huuiii!*

Die Kuh zum Polizisten:
So ein Zufall, mein Mann ist auch Bulle!

Wie nennt man eine Kuh auf Skiern? *Muhschie.*

Thunfisch und Wal unterhalten sich: Was wollen wir tun, Fisch?
Du hast die Wahl, Fisch!

Was ist verdammt langsam und hat 'ne große Zunge?
Eine Schlecke.

Wie heißt ein helles Mammut?
Helmut!

Was heißt ein Elefant, der einen Armani-Anzug trägt?
Elegant.

DOOFE FRAGEN, DOOFE …

Was ist gebildet und hängt in einem Baum?
Ein Gymnasiast.

Was darf bei einer Knackwurst nie fehlen?
Das »N« …

Was ist grün und fliegt durch den Weltraum?
Ein Salattelit.

Was ist kalt und wichtig zum Urinieren?
Die Frostata.

Was ist klein, pelzig und riecht nach Asphalt?
Ein Teerschweinchen.

Was wächst in der Erde und stinkt?
Eine Furzel.

Was ist grün, stachelig und muss aufs Klo?
Ein Kacktus.

IT'S MATHE

Ein Mathematiker stirbt nicht, *er verliert nur einige seiner Funktionen.*

Warum zerbrechen so viele Ehen von Mathematikern?
Ihre Frauen sind unberechenbar!

Der Lieblingsfilm eines Mathematikers:
Das Schweigen der Lemma.

Der Lieblingsspruch eines Mathematikers:
»Mit dem, was Sie nicht wissen, können ja noch drei andere durchfallen!«

Wie viel ist drei mal sieben? Ganz feiner Sand! Und was ist vier mal sechs?
Anstrengend ...

Sagt der Mathelehrer zu seiner Klasse: »Ihr seid so schlecht, dass sicher 90% von euch das Jahr wiederholen müssen.«
Darauf ein Schüler: »Aber so viele sind wir doch gar nicht!«

Ein Statistiker steckt seinen Kopf in den Backofen und seine Füße in den Kühlschrank und stellt dann fest: *»Die Durchschnittstemperatur ist ideal.«*

Chuck Norris ist Fallschirm springen gegangen. Sein Fallschirm hat sich nicht geöffnet.
Er hat ihn später umgetauscht.

Chuck Norris *darf die Rettungsgasse auf der Autobahn benutzen.*

Wenn Chuck Norris ein Ei essen möchte,
pellt er das Huhn.

Chuck Norris *isst* **im Bus.**

Chuck Norris tankt nicht.
Das Auto fährt aus Respekt.

Chuck Norris geht in den Apple Store und lässt sich *auf seinem iPhone »Android« installieren.*

Chuck braucht ein Stunt-Double.
Aber nur in Szenen, in denen er weinen soll.

Wie heißt die Tochter von Chuck Norris?
Chuckeline.

Sie: Sag mir was Schmutziges ins Ohr!
Er: *Küche! Badezimmerspiegel! Fußboden im Wohnzimmer!*

Wie heißt die Frau vom Eskimo?
Eskimöse.

Warum kriegt man Frauen so schwer aus der Küche raus?
Wegen der Herdanziehungskraft.

Was denkt eine Ehefrau, wenn sie Lärm im Treppenhaus hört?
Das ist mein voller Ernst.

Was ist ein Mann zwischen zwei Frauen?
Eine Bildungslücke.

Wie nennt man einen Mann, der all seine Intelligenz verloren hat? *Witwer!*

Was macht eine Eskimofrau auf einer Eisscholle?
Abtreiben!

Was macht eine Frau morgens mit ihrem Arsch? *Zur Arbeit schicken.*

Was sagt die Frau des Programmierers, wenn er betrunken nach Hause kommt?
»Ach, da ist sie ja, die Vollversion!«

Die Tochter in der Badewanne: »Mama, wo ist der Waschlappen?«
»Zigaretten holen!«

FLACHWITZE FÜR ATOMPHYSIKER

Kommt ein Neutron in die Bar. Sagt der Türsteher:
»Sorry, hier kommen nur geladene Gäste rein!«

Kommt ein Neutrino in eine Bar. Sagt der Barkeeper:
»Entschuldigung, wir bedienen hier niemanden, der schneller ist als das Licht!«

Treffen sich ein Stein und ein Brett. Sagt der Stein: »Ich bin ein Stein.« Sagt das Brett: *»Wenn du Einstein bist, dann bin ich Brett Pit.«*

AUF DIE GESUNDHEIT

Kommt 'ne Mutter mit Kind in die Notaufnahme.
»Hilfe, mein Kind hat die ganze Packung Globuli auf einmal genommen.«
Meint der Arzt: *»Dann aber heute nichts Süßes mehr!«*

»Herr Doktor, ich krieg meine Vorhaut nicht mehr zurück!« – *»Die verleiht man auch nicht!«*

Bei welchem Arzt ist Pinocchio in Behandlung?
Natürlich beim Holz-Nasen-Ohren-Arzt.

Was ist das größte Problem für Fußballer? Platzangst.
Und wenn's ganz dumm läuft? *Rasenallergie!*

Was ist rot und schlecht für die Zähne?
Ein Ziegelstein.

Ein Nickerchen hinter dem Lenkrad
schützt vor dem Älterwerden.

Bei Latten-Rost handelt es sich nicht
um eine Geschlechtskrankheit.

Was macht ein Herzkranker, wenn er Cola mit Bier trinkt?
Er colabiert!

Was macht ein Junkie unter der Dusche?
Clean werden!

Was macht ein Leprakranker im Sommer auf der Liege?
Auf der faulen Haut liegen.

Wie überwindet ein Leprakranker einen Zaun?
Stück für Stück.

ANDERE BERUFE, ANDERE POINTEN

Wie nennt man einen Polizisten mit Dreadlocks? *Rasta-Fahnder.*

Was ist zehn Zentimeter lang, aus Keks und Schokolade und kann gut verhandeln? *Ein Duplomat.*

Was ist eine gekündigte Floristin? *Blumig im Abgang.*

TIER MACHT SACHEN [II]

Wie heißt eine Mücke auf dem Acker?
Ein Feldstecher.

Wie heißt die Frau vom Puter?
Putin.

Wie nennt man einen verletzten Hahn?
Einen Auahahn.

»Wenn das euer Vater wüsste«, sagt die Henne zu den Küken,
»er würde sich im Grill umdrehen!«

Ihr Hund jagt immer Leuten auf dem Fahrrad hinterher?
Nehmen Sie ihm das Fahrrad weg!

Mückenkind kommt vom ersten Flug zurück:
»Es war echt super! Alle haben geklatscht, als ich vorbeikam!«

Wie nennt man ein Kaninchen, das angibt?
Prahllinchen.

Was sitzt auf einem Baum und schreit »Aha«?
Ein Uhu mit Sprachfehler.

Wie nennt man ein Rudel aggressiver Wölfe?
Wolfgang.

Wie nennt man eine Kuh unter Wasser?
Muhboot.

Warum dauert es länger, einen blonden Schneemann zu bauen?
Man muss den Kopf aushöhlen.

Warum haben Männer keine Cellulite?
Weil es scheiße aussieht!

In welchem Urlaubsort wird am meisten geflucht?
Tourett de Mare.

Was macht ein Pirat am Computer?
Er drückt die Enter-Taste.

Was ist rot und liegt in der Wüste?
Eine Trockenperiode.

Was macht eine Wolke mit Juckreiz?
Sie fliegt zum Wolkenkratzer.

ROTE BACKEN

Wie heißt BH auf Französisch? –
Etui de la titte.

Wie heißt BH auf Italienisch? –
Titi Ni Farrucci.

Wie nennt man ein heulendes Kondom?
Weingummi.

Wie nennt man ein Kondom mit einem Loch?
Kinderüberraschung.

Wie nennt man Bordellbesucher, die keine Milch vertragen?
Laktosefreier.

Woran erkennt man einen schwulen Schneemann? *Er hat die Karotte im Hintern.*

Real ist: Einmal hin, alles drin.
Fremdgehen ist: *Einmal drin, alles hin.*

ANDERE LÄNDER, ANDERE SITTEN

Was heißt Wasser in Russland?
Wodka Zero.

Warum kommt der Fakir nicht aus dem Auto?
Wegen der Indersicherung.

Was isst der gläubige Inder zu Abend?
Buddhabrote.

Was ist der Unterschied zwischen Chinesen und Japanern?
Chinesen arbeiten, Japaner strahlen.

Was macht ein Schotte mit einer Kerze vor dem Spiegel?
Er feiert den 2. Advent.

Wer hat den Triathlon erfunden?
Die Polen. *Zum Schwimmbad laufen und mit dem Fahrrad zurück.*

Wie nennt man in Japan einen Oberschenkelhalsbruch?
Knickiknackinahbeisacki.

Woran erkennt man einen Anruf aus Tibet?
Im Display steht »unterdrückt«.

Wie nennt man einen Stau in Holland?
Campingplatz.

Wie heißt das Oberhaupt der Insel Sylt?
Syltan.

HINTERHÄLTIG

Neun von zehn **Kindern finden Mobbing lustig.**

Stalking ist, wenn eine Frau und ein Mann einen langen romantischen Spaziergang machen, *aber nur einer davon weiß.*

Genitiv ins Wasser, *weil's Dativ ist.*

Mit dem Bizeps zu prahlen ist einfach *OBERARM!*

Der Prinz ist total angepisst.
Rapunzel ließ ihren Harn herunter.

Wenn meine Frau anfängt zu singen, dann gehe ich immer raus, *damit die Nachbarn sehen können, dass ich sie nicht schlage.*

Kommt ein Einarmiger in den *Secondhandshop …*

Täglich verschwinden im Internet Rentner, weil sie *gleichzeitig ALT und ENTFERNEN gedrückt haben …*

NOCH MEHR RÄTSELHAFTES

Was ist weiß, lang, lebt im Himalaja und schmeckt nicht ohne Parmesan?
Ein Spagyeti.

Wie viel wiegt ein Hipster?
Natürlich ein Insta-Gramm.

Was ist das Gegenteil von Karlsruhe?
Karlslärm.

Was ist die Kreuzung zwischen Fallobst und einem Putzeimer?
Abfalleimer.

Was ist eckig, aus Plastik und hat einen Sprachfehler?
Ein Legosteniker.

Was ist ein Schäfer, der sein Schaf schlägt?
Ein Mähdrescher!

Was ist ein von einem Professor gemachtes Käsebrötchen?
Wissenschaftlich belegt.

Was ist gelb, eckig und sitzt ganz vorne in der Kirche?
Frommes Fritz.

Was ist paniert und raubt Leute aus?
Ein Zigaunerschnitzel.

Was ist weiß und guckt durchs Schlüsselloch?
Ein Spannbettlaken.

Wer ist Quizmaster und hat ziemlich zugenommen?
Günter Bauch.

HIMMEL UND HÖLLE

Wieso treten immer mehr Deutsche aus der Kirche aus?
Weil man den Platz im Himmel nicht schon jetzt mit seinem Handtuch besetzen kann.

Woraus wurde das Haus gebaut, in dem Jesus lebte?
Aus Jerusa-Lehm.

Ronaldo: »Mich hat der Fußballgott geschickt, der Beste der Welt zu werden.«
Messi: *»Kann mich nicht erinnern, jemanden geschickt zu haben.«*

MIXED ZONE [II]

»Mama, wo kommen eigentlich die Tampons rein?«
»Da, wo die Babys herkommen.«
»In den Storch?«

Vater zum Sohn: »Wie, eine 6 in Deutsch? *Hab doch geübt mit dich.«*

Der kleine *»Verpiss dich, mein Name geht dich gar nichts an«* **möchte gern aus dem Kinderparadies abgeholt werden.**

»Was machst du beruflich?«
»Ich mache Schlüssel nach.«
»Wie machen denn Schlüssel so?«

Peter: »Hast du jetzt eine feste Freundin?«
Paul: *»Ne, immer noch die Wabblige.«*

»Liebling, kann ich so in diesem Kleid ausgehen?«
»Ja, draußen ist schon dunkel!«

Was ist weiß und rollt den Berg hoch?
Eine Lawine mit Heimweh.

Was macht ein Steak unter dem Sofa?
Sich versteaken.

Was macht eine Bombe im Bordell?
Puff!

Wer macht den Fischen das Leben schwer?
Die Seemobben.

Wer steht im Tor und hat Wahnvorstellungen?
Para-Neuer.

Wie heißt der Lieblingsschauspieler eines Zahnarztes?
Kiefer Sutherland.

Wie nennt man ein Bier zum Mitnehmen?
Fußpils.

Was ist Lachs mit Schinken?

Lachs mit Schinken.

Was sucht ein Vollkornbrot im Freudenhaus?

Brot-auf-strich.

Was ist total beweglich und raucht?

Eine Yogarette!

Was sagt die rumänische Pferdemutter abends zu ihren Fohlen?
»Husch, husch, ab ins Mett!«

Wohin kommt die kriminelle Waffel?
In den Waffelschrank.

Was kommt einer Kuh aus dem Euter, nachdem sie vom Blitz getroffen wurde?
Creme flash natürlich.

Früher verwendete man Brot als Deo, denn im Neuen Testament steht geschrieben:
»Jesus brach das Brot und verteilte es unter den Armen.«

Sagt das Rührei zum gekochten Ei:
»Heute bin ich irgendwie total durcheinander …«

Teigwaren heißen Teigwaren,
weil sie früher mal aus Teig waren.

Was bekommt man, wenn man die Zugspitze mit einer Latte macchiato kreuzt?
Hard-Rock-Kaffee.

Was schmeckt lecker, macht blau und ist schneller als der Schall?
Düsenbier!

Wenn Kartoffelbrei aus Kartoffeln ist:
Woraus ist dann Babybrei?

ANDERE LÄNDER, ANDERE …

Wie nennt man einen unentschlossenen japanischen Krieger?
Nunja.

Was sagt ein Franzose, wenn er einen Tritt in die Eier bekommt?
Sacre bleu!

Wie fordert man eine indische Putzfrau zur Arbeit auf?
Wischnu!

Wo sind die Toiletten in indischen Kneipen?
Am Ende des Ganges.

Wo gewinnt keine Sau beim Glücksspiel?
In Las Vegan.

Was ist der Unterschied zwischen einem Römer und einem Griechen?
Ein Grieche kann aus einem Römer trinken, aber ein Römer nicht aus einem Griechen.

Wie nennt man einen Baum auf Russisch? *Dimi-Tree.*
Und auf Türkisch? *Aische.*

FLACH, FLACHER, AM …

Ein Mann läuft über den Fluss. Was fehlt? *Die Brücke!*

Ein Mann läuft über die Brücke. Was fehlt? *Der Witz!*

Gehen zwei Männer ins Schwimmbad. Der eine springt ins Wasser, *der andere heißt Franz.*

Hängen zwei Koteletts an der Wand. Das eine fällt runter, *das andere heißt Fritz.*

Hans und Jürgen sitzen auf der Bank.
Wie heißt der andere?

Sagt die eine Wand zur anderen:
»Treffen wir uns an der Ecke?«

Warum gewinnt die Stricknadel den Schwimmwettbewerb gegen die Nähnadel?
Die Nähnadel hat immer Wasser im Ohr.

Was ist braun und hetzt durch den Wald?
Ein ferngesteuertes Schnitzel!

Was ist grau und kann nicht fliegen?
Ein Parkplatz.

Was ist weiß und rennt durch den Wald?
Ein Waschbecken!
Noch nie eins gesehen? Die sind dermaßen schnell ...

Was ist weiß und sitzt auf dem Fernseher?
'ne Fliege im Nachthemd!

Wenn Weihnachten auf einen Freitag fällt, kann man nur hoffen, *dass es nicht der 13. ist.*

MUDDAWITZ

Google Earth hat angerufen,
deine Mudda steht im Bild.

Deine Mudda **steigt von beiden Seiten aus dem Bett.**

Chuck Norris hat Angst *vor deiner Mudda.*

Deine Mudda **lacht dich aus, weil du Kevin heißt.**

Deine Mudda **schminkt sich mit Edding.**

Deine Mudda arbeitet bei IKEA
als unterste Schublade.

Deine Mudda *klaut Probiersöckchen bei Deichmann!*

Als Bob der Baumeister deine Mudda sah, hat er gesagt: *Das können wir nicht schaffen.*

ICH

Meine Uhr ist runtergefallen; ich darf sie aber nicht aufheben,
ich habe keine Uhrheberrechte.

Ich habe ein Brötchen angerufen,
aber es war belegt.

Eigentlich wollte ich heute putzen, doch auf dem Weg ins Badezimmer wurde ich geblitzt.
Jetzt ist der Lappen weg.

KOMMT EIN ...

Kommt ein Reh in einen Wald.
Sagt der Jäger: »Hier ist Rauchverbot!«
Sagt das Reh: *»Macht nichts, hab' doch 'ne Badekappe auf!«*

Kommt ein Blinder in den Fischladen und sagt: *»Hi, Mädels!«*

Kommt ein Vampir in eine Polizeikontrolle.
»Haben Sie etwas getrunken?«, fragt der Polizist.
»Ja«, sagt der Vampir, »zwei Radler.«

ECHT FIES

Geht ein Buckliger zum Bäcker: »Ich hätte gern ein Brot!«
Darauf der Bäcker: *»Schluck doch erstmal das alte runter!«*

Warum sitzen bei einem Behinderten-Konzert die Glatzköpfe immer in der ersten Reihe?
Damit die Einarmigen in der zweiten Reihe auch was zum Klatschen haben.

Alle Kinder gehen die Treppe runter.
Außer Gunter, der rutscht runter.
Doch einmal stand ein Nagel vor;
seitdem singt er im Knabenchor.

TIER MACHT SACHEN [III]

Was ist die Kreuzung zwischen einer Kuh und einer Sense? *Der Rasenmuher.*

Was ist ein Frosch ohne Schenkel? *Langsamer.*

Was ist grün und flauschig weich? *Ein Angora-Frosch.*

Wie heißt ein Schwimmvogel, der eine Hochschule besuchen darf? *AbituriEnte!*

Was ist müde und steht auf der Weide?
Ein Schlaf ...

Was ist rosa und schwimmt im Ozean?
Eine Meerjungsau!

Was ist rot, hat schwarze Punkte und schwimmt auf dem Meer? *Ein Marinekäfer.*

Was ist schwarz-rot gestreift?
Ein Zebra mit Sonnenbrand.

Was macht das Nilpferd mittags?
Ein Dickerchen.

Was schwimmt auf dem Wasser und fängt mit Z an?
Zwei Enten!

Welche Haustiere sind besonders gefährlich? *Kamikatzen.*

Was sitzt auf einem Baum und winkt?
Ein Huhu.

SCHON SCHÖN

Wie heißt die schönste Assistentin eines Quizmasters?
Miss Raten.

Wie heißt die schönste Frau bei den Weightwatchers?
Miss Wal.

Wie heißt die schönste Hebamme?
Miss Geburt.

Wie heißt die schönste Psychiaterin?
Miss Verständnis.

Wie heißt die schönste Raucherin?
Miss Lungen.

Wie heißt die schönste Sängerin?
Miss Klang.

TOD UND TEUFEL [II]

Was steht auf dem Grabstein eines Bäckers?
Jetzt ist der Ofen aus ...

Was steht auf dem Grabstein eines Diabetikers?
Sein Leben war kein Zuckerschlecken.

Was steht auf dem Grabstein eines Fernfahrers?
Der Mensch denkt, Gott lenkt.

Was steht auf dem Grabstein eines Geisterfahrers?
Entgegenkommend bis zuletzt.

Was steht auf dem Grabstein eines Starkstromelektrikers?
Tausendmal berührt, tausendmal ist nichts passiert.

Was steht auf dem Grabstein eines Zahnarztes?
Dies ist das letzte Loch, das er füllt.

Und dann war da noch der Gleisarbeiter, der etwas Zug bekommen hat.

UNTERSCHIEDE

Was ist der Unterschied zwischen einem Kühlschrank und einem Fernseher?
Im Kühlschrank ist immer was Gutes drin.

Was ist der Unterschied zwischen einem Chemiker und einer Hebamme?
Der Chemiker sagt *H20*,
die Hebamme: *»Oha! Zwei!«*

Was ist der Unterschied zwischen Waldkauz und Uhu?
Uhu klebt besser.

Was ist der Unterschied zwischen einer Weintraube und einem Elefanten?
Die Weintraube gibt es auch in Violett.

Was ist der Unterschied zwischen einem Sofa und einem Nagelbett?
Setz dich drauf, dann weißt du es.

Was ist der Unterschied zwischen einem Telefon und einem Politiker?
Das Telefon kann man aufhängen, wenn man sich verwählt hat.

MIXED ZONE [III]

Polizist hält einen betrunkenen Autofahrer an: »Haben Sie was getrunken?«
Der Fahrer säuselt angeschwipst: »Nur Tee!«
Polizist: *»Dann haben Sie bestimmt 1,9 Kamille.«*

»Boah, ist der Junge da drüben hässlich.«
»Das ist mein Sohn.«
»Oh Entschuldigung, ich wusste nicht, dass Sie der Vater sind.«
»Ich bin seine Mutter.«

Zwei Elefanten sehen zum ersten Mal einen nackten Mann. Sagt der eine Elefant zum anderen: *»Wie kriegt der eigentlich das Essen in den Mund?«*

Zwanzig Liliputaner sitzen am Tresen in der Bar. Kommt ein Mann rein: *»Was ist denn hier los? Ist der Kicker kaputt?«*

»Sagen Sie mal, haben Sie gepupst?« *»Selbstverständlich, denken Sie, ich rieche immer so?«*

BILDUNG

Beethoven war so taub, *dass er sein Leben lang glaubte, er würde malen.*

Konfuzius sagt: *Gehst du mit juckendem Arsch ins Bett, wachst du mit stinkendem Finger auf.*

Welche Wochentage hassen Vegetarier am meisten?
Mettwoch und Dönerstag.

TIER MACHT SACHEN [IV]

Fliegt ein Kuckuck übers Meer
und sieht einen Hai.
Sagt der Hai: »Kuck-guck.«
Sagt der Kuckuck: »Hai.«

Sag mal, ist der Fisch immer so nervig?
Ja, er ist ein Stör.

Wie schellt der Affe an der Tür?
King Kong, King Kong.

Warum fliegen Vögel im Winter gegen Süden?
Weil es zu Fuß zu lange dauern würde.

Warum haben Gorillas so große Nasenlöcher?
Weil sie so dicke Finger haben.

Warum sitzen Vögel auf ihren Eiern?
Weil sie keine Stühle haben.

TOD UND TEUFEL [III]

Was steht auf dem Grabstein einer Jungfrau?
»Ungeöffnet zurück!«

Wie erreicht man das Herz eines Mannes?
Mit einem langen und scharfen Messer.

Mut ist, wenn du um 4 Uhr früh hackedicht nach Hause kommst, deine Frau mit dem Besen auf dich wartet und du sie fragst:
Bist du am Putzen oder fliegst du noch weg?

Was heißt »guter Karton« auf Englisch?
Wellpappe.

Wie heißt ein italienisches Asi-Viertel?
Spaghetto.

Wie nennt man Kot auf einer Schaukel?
Schaukelstuhl.

Wie nennt man eine Spinne ohne Beine?
Rosine.

Wie nennt man einen Stein, der boxen kann?
Rocky.

Was sagt ein Hollywoodstar, wenn er am nächsten Tag nicht arbeiten muss?
Cool, Morgan Freeman!

TIER MACHT [DOOFE] SACHEN

Welches Tier ist das dümmste im Dschungel?
Ein Eisbär.

Welches Tier ist das dümmste im Raubtierhaus?
Ein Kaninchen.

KEIN WITZ

Die wichtigste Erfindung war nicht das erste Telefon, *sondern das zweite.*

Auch eine bahnbrechende Leistung:
im Zug kotzen.

In Afrika vergeht alle 60 Sekunden eine Minute
und keiner kümmert sich drum.

Für Kleinwüchsige *riecht es in Aufzügen anders.*

KULINARIA

Warum wickelt man Spaghetti um den Wecker?
Damit am rund um die Uhr essen kann.

Was sitzt hinterm Baum und schmollt?
Eine saure Milch.

Was sagt der Ruhrgebiets-Buddhist an der Würstchenbude?
»Mach mich eins mit allem.«

MIXED ZONE [V]

Was ist klein, braun und riecht nach Karamell?
Ein Zuckerkranker, der vom Blitz getroffen wurde.

Fragt die Oma den Arzt:
»Wo ist eigentlich das Herz?«
Arzt: »Zwei Zentimeter unter den Brustwarzen.«
Am nächsten Tag in der Zeitung:
»Frau wollte Selbstmord begehen und schoss sich ins Knie.«

Was heißt Kondom auf Schwedisch?
Pipi Langstrumpf.

Warum sollten zwei Arschbacken nie heiraten?
Weil sie bei jedem Scheiß auseinandergehen.

Schönheitschirurg zur Schwester:
»Halt ma die Fresse!«

Letzte Worte des Sportlehrers:
»Alle Speere zu mir.«

Was bekommt der Kannibale, wenn er zu spät zum Essen kommt?
Die kalte Schulter.

ANDERE LÄNDER, ANDERE ... [III]

Wie nennt man jemanden, der DIN-A4-Seiten scannt?
Skandinavier.

Was sagt ein italienischer Schädlingsbekämpfer, wenn er seinen Job erledigt hat?
Schabe fertig!

Wie war denn so die Stimmung in der DDR?
Sie hielt sich so ziemlich in Grenzen.

Warum trinken die Franzosen Wein, die Russen Wodka und die Deutschen Bier?
Damit man die Völker an der jeweiligen Fahne erkennen kann.

Wie heißt ein russischer Bankberater?
IBAN der Schreckliche.

Was bekommt man in Holland, wenn man zum zweiten Mal durch die Führerscheinprüfung gefallen ist?
Ein gelbes Nummernschild.

TIER MACHT SACHEN [V]

Was ist grau, völlig unbedeutend und hat einen Rüssel?
Ein Irrelefant.

In welcher Einheit misst man die Körpertemperatur eines Hundes?
In Belgrad.

Unterhalten sich zwei Kühe. Sagt die erste: »Hast du schon gehört? Von BSE wird man verrückt.« Meint die zweite:
»Was für ein Glück, dass ich ein Hubschrauber bin.«

Zwei Krokodile einigen sich *– ein typischer Krokodeal.*

HAUPTSACHE ERFOLGREICH ...

Woran erkennt man katholische Brüste?
Wenn man die Bluse aufmacht, fallen sie auf die Knie.

Wie nennt man Sex mit Gegenständen?
Dingsbums.

Womit würzen Porschefahrer ihre Steaks?
Mit Cayenne-Pfeffer!

Wann gehen U-Boote unter?
Am Tag der offenen Tür.

Wie kastriert man zuverlässig einen Kühlschrank?
1. *Kühlschranktür auf*
2. *Eier raus*
3. *Tür zu*

Was ist weiß und versteckt sich hinterm Baum?
Eine schüchterne Waschmaschine!

OHNE WORTE

Wie nennt man einen Bauern mit Universitätsabschluss?
Ackerdemiker.

Warum haben Eskimos die höchste Lebenserwartung?
Sie können nicht ins Gras beißen.

Wie nennt man einen Ritter ohne Rüstung?
Willhelm.

Zahnärzte haben häufig *Brückentage.*

MEIN LIEBER

Lieber in den Löffel beißen
als das Gras abgeben!

Lieber Knoblauchzehen *als Wurstfinger.*

Lieber mit Gretel im Bett
als mit Hänsel im Ofen.

Lieber Erdbeeren mit Salz
als Kartoffeln ohne Zucker.

Lieber Gras rauchen *als Heuschnupfen.*

Lieber Klimbim *als Bumbum.*

MIXED ZONE [VI]

Gute Nachricht: Ich bekomme endlich den obersten Knopf meiner superengen Jeans zu.
Schlechte Nachricht: Habe sie leider nicht an.

Leidest du an Schlafstörungen?
Dann sieh es einfach von der positiven Seite.
Nur noch drei Mal schlafen bis Weihnachten.

Wie heißt ein Hollywoodstar ohne Ente?
Michael Duckless.

Wie heißt eine Brillen-schlange ohne Brille?
Blindschleiche.

Was kniet auf dem Teppich und schaut nach Osten?
Eine Mekkaroni.

ICH BIN DER GRÖSSTE, WEIL ...

Wenn ich an einem Eis lecke,
dann stöhnt die Waffel.

Diese Ausstrahlung, dieses Lächeln, diese Intelligenz, dieses schöne Gesicht, und erst die wunderschönen Augen ...
Aber genug von mir, wie geht es dir?

Ich stehe betrunkener auf
als du schlafen gehst!

Eigentlich wollte ich dir was Schlaues, Schönes, Prickelndes, Erotisches, Heißes und Geiles schicken.
Aber leider pass ich nicht aufs Display.

Einen Löwen interessiert es nicht,
was die Schafe von ihm denken.

Es gibt mich, weil Gott einen Blick für Schönheit hat,
und dich, weil er einen Sinn für Humor hat.

Ich bin nicht perfekt, *aber so nahe dran, dass es mir selber Angst macht.*

Ich brauch dringend einen größeren Balkon, *damit ich besser zum Volk sprechen kann!*

Kann mir mal bitte jemand *das Wasser reichen?*

Ist es so heiß hier drin, *oder bin ich das?*

Klar führe ich Selbstgespräche. Hin und wieder brauche auch ich *einen Expertenrat.*

Ja, meine Eltern *wohnen noch bei mir.*

Viele Mütter machen hübsche Kinder, *aber meine musste mal wieder übertreiben.*

Wenn ich du wäre, *wäre ich doch lieber ich.*

GUTER RAT

Bei Kreislaufproblemen sollten Sie *einfach nur geradeaus laufen.*

Ein kaputter Fahrstuhl ist *besser als gar kein Sport.*

Ein Schiff, das ausläuft, *ist nicht immer ein Tanker.*

Es ist noch kein Meister vom Himmel gefallen, *ohne sich dabei wehzutun.*

DER SCHLAUE BAUER

Kommt Januar vor Februar,
wird das Jahr, wie es immer war.

Wenn der Hahn tropft,
ist der Tierarzt nicht immer die richtige Adresse.

Wer einen Bauern betrügen will,
muss einen Bauern mitbringen.

Es lässt den Bauern gar nicht ruh'n,
wenn die Hähne morgens muh'n.

Fährt der Bauer raus zum Jauchen,
wird er nachts ein Deo brauchen.

Ist der Bauer am Verrecken, *wird er wohl im Silo stecken.*

Mischt der Bauer Gift zur Butter,
ist sie für die Schwiegermutter!

TIER MACHT SACHEN [VI]

Wie nennt man den Flur eines Iglus?
Eisdiele.

Wie nennt man ein verschwundenes Rindtier?
Oxford.

Was bestellt ein Maulwurf im Restaurant?
Ein Drei-Gänge-Menü.

SPEAK ENGLISH, PLEASE!

Why do you take baths in milk?
I can't find a cow tall enough for a shower.

Why wasn't Jesus born in England?
He couldn't find three wise men or a virgin.

Don't eat *yellow snow!*

The early bird gets the worm,
but the second mouse gets the cheese.

COOLE SPRÜCHE [I]

Lieber 5 vor 12 *als keine nach 1!*

Mein Hobby ist kicken.
Leider habe ich einen Sprachkehler.

Wenn alle tun würden, was sie nicht könnten,
dann käme ich nicht mehr zum Sitzen.

LATRINENWEISHEITEN

Hier sitze ich und drück mit Kraft, *den Dünger für die Landwirtschaft!*

Lieber vorbeugen *als auf die Schuhe pinkeln.*

Steter Tropfen *nässt das Bein.*

RÄTSEL

Wussten Sie schon, dass selbst ein *kleiner Abstecher* zu lebenslangen Gefängnisstrafen führen kann?

Kann man mit einer Bekannten eigentlich *fremdgehen?*

Macht man den Meeresspiegel kaputt, *wenn man in See sticht?*

DIE WEISHEIT DES KONFUZIUS

Konfuzius sagt: *Hast du einen Schirm im Hintern, mach ihn nicht auf.*

Konfuzius sagt: *Wer den Schaden hat, braucht für den Schrott nicht zu sorgen.*

Konfuzius sagt: *Pünktlichkeit ist die Kunst, richtig abzuschätzen, um wie viel sich der andere verspäten wird!*

NOCH MEHR FILLOSOPHIE …

Alle wollen zurück zur Natur,
aber keiner zu Fuß.

Nostalgie *ist auch nicht mehr das, was sie mal war.*

Viele Beziehungen beginnen mit Wein und Gesang
und enden bei Milch und Gebrüll.

Früher war ich unentschlossen, *heute bin ich mir da nicht mehr so sicher.*

COOLE SPRÜCHE [II]

Stell dir vor, es gibt Freibier,
und keiner weiß wo ...

Ewig währt am längsten.

Wenn du keinen Bock hast,
kauf dir 'ne Ziege.

Zeig mir deine Uhr, *und ich sage dir, wie spät es ist.*

Diese Witze sind so schlecht, dass sie schon wieder gut sind. Oder Kult.

Norbert Golluch
WAS IST GRÜN UND
STEHT VOR DER TÜR?
EIN KLOPFSALAT!
Miese Witze Vol. 1
112 Seiten
ISBN 978-3-8479-0520-2

Was heißt DJ auf Arabisch? Machma Lala! Was sagt man von einem Spanner, der gestorben ist? Der ist weg vom Fenster. Was fliegt durch die Luft und macht Mus Mus? Eine Biene im Rückwärtsgang!
Langweilige Witze braucht kein Mensch – miese Witze schon. Denn miese Witze sind die Witze zur Zeit: kurz, knackig, schräg. Viel Vergnügen!

»Bitte alle Türen benutzen. Die zweite Tür ist auch kostenlos«

Marc Krüger
DER LOKFÜHRER HAT DEN ZUG VERPASST
Kuriose Bahnansagen
160 Seiten
ISBN 978-3-404-60932-1

Bahnansagen? Für Reisende auf den Unterwegs-Bahnhöfen ein steter Quell der Freude. Wobei der Bahn-Sprech wie »Verspätete Bereitstellung", „Notfalleinsatz am Gleis" oder „Bitte achten Sie auch auf die Ansagen am Bahnhof" zwischen Tragik und unfreiwilliger Komik variiert. Viel lustiger ist es aber, wenn Bahnmitarbeiter selbst zu Poeten werden: Sprüche wie „Denken Sie an die Pinguine. Dann ist die kaputte Klimaanlage nicht so schlimm" oder „Müll und Ehemänner bitte nicht im Zug zurücklassen" lassen erahnen, wie viel Potential in einem Zugführer steckt: „Ich würde Ihnen gerne erzählen, warum wir hier stehen. Aber mir erzählt auch keiner was."

Bastei Lübbe